아흔아홉 편 시 묶음 잇기 04
동그란 얼굴

아흔아홉 편 시 묶음 잇기 04

동그란 얼굴

1판 1쇄 펴낸날 2018년 2월 26일
1판 2쇄 펴낸날 2018년 3월 10일

지은이 원교

펴낸이 서채윤 펴낸곳 채륜
책만듦이 김승민 책꾸밈이 이한희

등록 2007년 6월 25일(제2009-11호)
주소 서울시 광진구 자양로 214, 2층(구의동)
대표전화 02-465-4650 팩스 02-6080-0707
E-mail book@chaeryun.com Homepage www.chaeryun.com

책값은 뒤표지에 있습니다.
ISBN 979-11-86096-71-0 04810
ISBN 978-89-93799-17-0 (세트)

이 도서의 국립중앙도서관 출판예정도서목록(CIP)은 서지정보유통지원시스템 홈페이지
(http://seoji.nl.go.kr)와 국가자료공동목록시스템(http://www.nl.go.kr/kolisnet)에서 이
용하실 수 있습니다. (CIP제어번호 : CIP2018003894)

채륜서(인문), 앤길(사회), 띠움(예술)은 채륜(학술)에 뿌리를 두고 자란 가지입니다.
물과 햇빛이 되어주시면 편하게 쉴 수 있는 그늘을 만들어 드리겠습니다.

아흔아홉 편 시 묶음 잇기 04

동그란 얼굴

원교

책공

세상에 속하면서도 자연할 것입니다

현실에 안착하고 있으되

현실에 안주하지 않을 것이며

 두 눈 부릅뜨고 현실을 직시하되

그 눈에 독기를 품지 않을 것입니다

 보이는 대로 보고 불어오는 대로 느끼되

일상을 관통하는 관계 맺음을 통해

삶의 애틋한 애환과

 아름다운 진정성에 도달한 순간이 있다면

입술을 움직여 노래할 것입니다

나무가 쉼 없이 나무로 자라듯

시인의 할 일을 쉼 없이 수행하겠다고

조심스럽게 다짐해 봅니다

표제 정두연
그림 이강록

서시

호수는 물, 꽃받침
달은 꽃이다
물 위에 떨어지는 눈동자, 물처럼
물과 한 몸이 되는 꽃

사색이 한 발 한 발
과녁을 삼키고
지그시 눈을 감으면
… 다만,
뜨거운 부표 하나
달은 꽃이다

애써 아파하지 마
내가 너의 이름을 품을게
찻잔을 꺼내어, 향기로 숙성된
천 겹의 생애를 담아볼게

산을 타고 넘어온
하나의 동그란 몸짓이

출렁이듯 피어난다
… 다만,
피자마자 돌아가는 너는
달빛은 정오에 더욱 깊다

| 차례 |

01. 깊은 눈물

02. 꿈의 소리

03. 그 그리움

01 »
깊은 눈물

깊은 눈물

눈을 감아야
눈물이
내 안으로 흐른다

슬픔도
기쁨도 아닌
정성이 자란다

툭

떨어지듯
비로소
내 안이 보인다

비 오는 밤

비는 오고,
나는 가네

거슬러 헤엄치는
물고기처럼

빗줄기를 움켜쥐고
하늘로 가네

비는 오고
밤은 가네

산란의 꿈,
젖은 봇짐을 메고

보이지 않아도,
방울방울 피어나는 별
찾아 가네

찻잔

깊이를 알 수 없는
적멸寂滅의 강

한 치의 의심 없이
나뭇잎배 띄우네

음각으로 새겨지는
풀빛의 물음

생의 기억들이
뿌리째 떠다니네

노를 저으면
등 굽어가는 노를 저으면

골이 패여가는 이마에
물길이 새겨지네

낙타꿈

얼마나 왔을까, 말라가는 걸음걸이
갈라진 발톱을 꼭 닮은 선인장 가시 하나
손에 쥐고, 촘촘히 물었다

한 줌의 모래를 얹고 있는 눈썹과
화석처럼 굳어가는 등뼈에
눈물을 술이라 여겨, 촘촘히 뿌렸다

조금 더 걸을 수 있다면
소리가 착해지는 날개를 그리고
생의 배후로 감춰진
물빛의 유전자를 찾아가리라

어디서 왔을까, 번져가는 씁쓸함
갈라진 손톱을 꼭 닮은 선인장 가시 하나
가슴에 안고, 촘촘히 물었다

잠들지 못하는 무릎과
볼록하게 돋아나는 취기에

눈물을 꿈이라 여겨, 촘촘히 뿌렸다

조금 더 걸을 수 있다면
소리가 착해지는 날개를 펼치고
생의 배후로 감춰진
물빛의 유전자를 상대하리라

매미의 눈물로 양치를 하다

양치를 하다가
맴맴, 살을 문지르는 소리
눈을 감아도
고된 껄끄러움이 맴맴, 잇몸이 맴맴
맴맴 맴
거품을 뱉다가
여름을 벗다가
, 이만큼이면 되었다
라고 생각되는 순간이 있었다

양치를 하다가
꺽꺽, 삶을 문지르는 소리
눈을 감아도
탈피의 소망이 꺽꺽, 목젖이 꺽꺽
꺽꺽 꺽
거품을 뱉다가
여름을 벗다가
, 웃지만 울고 있다
라고 생각되는 순간이 있었다

수직으로 흐르는 강

바람이 흐른다
휘감아 오르는 한 줄
회오리 회오리

외침이 흐른다
못다한 이야기 한 자락
당신의 말투에

– 원죄입니까
– 네 것 내 것을 가리겠느냐

불꽃이 흐른다
태운다는 것은 순간적이나
뜨겁게 뜨겁게

새벽이 흐른다
순간 순간 피어나고 사라지는
촛대의 심장에

– 아직도 어두운 걸요.
– 아직, 다 태우지 못하였구나

별빛이 흐른다
퍼지고 번지는 한 점
빨갛게 파랗게

눈물이 흐른다
그렇다면, 다시 촛대를 쥐고
한 발 더 하얗게

– 빛은 애초부터 당신 안에 있었나요
– 소원을 말해보렴, 흔들려도 살아서 빛으로 알려
줄께

강물이 흐른다
수직으로 흐르는 음역
뭉클하게 뭉클하게

해방이 흐른다
제속을 다 태우고서야
생명하는 휴식에

한 번쯤

모르고
아는 척
말해본 적 있는가

알고도
모른 척
돌아선 적 있는가

아!

소낙비
맞으며
울어본 적 있는가

사유의 사막

삶은 지워가는 것인데,
지우기보다는 부서져온 것들이 더 많아
결코, 친절하지 못한 사막에서
기억을 잡아쥐고 걷고 있다

오랜 빈곤의 땅
… 그러나, 외면하는 일은
더 외로워지는 일이다

겨우, 머리를 들어올릴 힘만으로도
염분을 지우고
인연을 지우고
운명을 지우고
… 그러나, 사유는
오롯이 나의 것이 아니다

두려운 것은,
기억상실을 기억하지 못하는 아픔,
지우는 것이 아니라 지워지는 것이다

… 그러나, 지우고 지워진다는 것은
또 얼마나 인공적인가

지금 나는 꿈꾸고,
아직 잠들지 못한 모래와
가시식물의 살갗과
야생동물의 머리뼈 속
… 그러나, 자유의 근원을 찾아
파고들었다

신은 그 곳에 존재하지 않았다
… 그러나, 낳고
키워가는 것이다

지금껏 그래온 것처럼
별 하나 좇아온 것처럼
골수에 남겨둔 한 방울의 기름기와
물보다 진한 한 방울의 피마저
이야기처럼 은밀히 지워갈 것이다

신화적 갈증, 무엇 하나라도
죽어야 다시 태어나는 제물로 바치고
기억을 지우는 순간을

찾아갈 것이다
… 그러나, 다 지우기까지
얼마를 더 걸어야 하는 것일까

축제는 밤에 시작되므로
더욱 더, 허리를 굽혀
노래하고 춤출 것이다

마른 오징어

다리가 저리고
혓바닥이 마를 즈음
바닷가, 어디에나 있을 법한
운율을 떠올리고
뜨거울수록 짭짤하게 늘어서는
아야진행 열차를 타자

굳이 모양새에 얽매일
필요가 없다면
부둣가, 어디에나 있을 법한
마법을 떠올리고
뜨거울수록 온몸을 비틀어대는
상상력을 찾아가자

씹고 또 씹어야
맛이 나는
몇 축의 시를 만나자

바다행

칼끝이 시퍼런 소금기를 찾아 나설 것이다
감히, 내 핏줄의 벽을 막고 선 기름진 세균을 말끔
히 제거하려 한다
때 묻지 않고 날선 원시의 기상을 만나면
찬란한 탯줄의 심장을 찾아 떠나는 새벽의 어부처
럼 노를 저어 나아가리라
산통으로 밤을 지샌 부표의 끝을 걷어 올리리라
갑판의 혈관속으로 견딜만큼의 무게, 해초의 뿌리를
담아 돌아올 것이다.

장마

자존심 아름다웠던
새파란 날들이,
가지 가지 흩어지는데

방울 방울 이름없이
매콤한 눈동자,
소리없이 흐려지는데

섞이고 이어지는
물결이,
꺾임없이 흐르네

밤골

때 이른 참매미
덮어놓고 애걸복걸

사랑을 외치고
여름을 외치고

투득
툭
툭, 소리 내는

너는 또 누구냐

밤송이 키우는 진통이야
나무의 몫이거늘

목욕

머리에서 발끝까지
까닭 없이 뒤집어쓴 피로감
가지가지 간직해 온 불쾌감
나는 나대로 씻어내고 싶다

샤워기를 틀고 눈을 감는다
살갗이 벗겨지지 않을 만큼 적당히
어렵지 않게 간단히
솔직하고 싶다

말하자면
내 키만한 수정거울 앞에서
나를 만지고 싶다는 것이다
행복에 겨워
울고 싶다는 것이다

놀라운 일은
목욕을 하고나면
내가 사랑스럽다는 것이다

씻김굿

물과 물이 모여도
부정한 것 하나쯤 섞이게 마련

무겁게 쏟아지는
하늘의 변화를 바라보며
뒤척이듯 빗속을 걸으면
빗물이 배꼽을 지나 무게를 더하고
잠깨는 자의 호흡을 길게 누른다

버리지 못할 욕심 하나쯤 씻겠다고
남은 자는 남은대로
떠난 자는 떠난대로
쑥의 허리를 끊어
뚝뚝 떨어지는 쑥물을 온몸에 바르고
향을 피운다

향 또한 물기를 품었기에
연기를 내고, 또 길을 떠나는데
쉽게 출입을 허락하지 않는 모험의 풍요 어디쯤,

지나온 길 깨끗이 씻어 준다고
유독 어깨를 툭툭 쳐대며 비가 내린다

물과 물이 모이면
부정한 것 하나쯤 씻기게 마련

꿈에서 깨어

해가 지고, 새들은 잠들었는데
종다리꽃 기억을 버릴 수 없다
속
과
목
강물을 따라 이승과 저승을 오고 가는데
문
계에 얼굴이 비춰졌다
격렬한 호기심으로 강물 위를 걸었다
이름을 알 수 없는 물고기떼 뛰어올랐다
나의 얼굴을 물어뜯으며 귀에 대고 속삭였다
계
문
강은 언제나 행복과 불행의 경계라는 걸 알고 있냐
고, 알고 있지 않았냐고
목
과
속
종에서 깨어났다

물고기 비늘처럼 끈적한 땀을 닦아내고 거울을 보
았다
이야기와 장소를 고민했다
무엇이 내 기억을 더럽혔는지, 언제가 그때였는지

예쁜 얼굴을 가지고 싶다
새벽길을 걸었다
걷고 있는 한, 악몽은 없을 것이므로

우체국 앞에서

손 내밀어도
속내를 다 드러내지 못해
내가 내게
아직은 고독한 자유에게
보내는 편지

멀고도 먼 길
돌아서 울고 있는 시인은
젖은 엽서를 들고
몇 번을 돌아섰을까

한 뼘도 안 되는 몸속
지우지도
보태지도 못하면서
그리도 깊게 지니고 온 것들
독백의 언어들

햇살은 망설임 없이
안개를 뚫고 비추는데

조심조심 내안으로 발걸음을 옮기며 물었다
나는 안개가 두렵지 아니한가

끝내 참회의 글 대신
윤동주의 '서시'와
참 예쁜 꽃씨를 떠올렸다

무죄

맨발로 서있다
나뭇잎은 바람에 쏟아지고
숲은 물길을 감추었다

나뭇잎의 출생과 이별이
초록에서 황갈색으로, 다시
축축한 미열로 남았다

숲의 눈물이
열 개의 발가락 끝으로
스멀스멀 스며왔다

한 움큼 쥐어 하늘로 뿌려보지만
눈물은 언제나
아래로만 흘렀다

신호강도는 낮아졌으나
이미 떠난 자들과
떠나가는 자들의 교신을 감지했다

매순간 전쟁을 겪어야 하는 삶,
패자와 승자의 이름이 아니라
떠나간 자들의 무죄만 기억하리라

나 또한 떠나가는 자가 되어
이미 떠난 자들이 남겨둔 오래고 친절한 배려에
체온을 맞대리라

낙엽과 물길이 하나이듯
떠나갔다고
떠나간다고
서서히 썩어 들어간다고
눈물은 언제나
아래로만 흘렀다

변식

아직도 떠나지 못한 해변의 잔상을
이미 돌아선 골짜기의 등 뒤로
천천히 묻으며 걸었다

지나간 계절마다 폭풍의 질서를 배우고
드높은 창공을 연모했지만
아직은 앳된 한 걸음

언제나 풍요롭기를 기도하고,
같지만 다른 뭇 생명의 태반을
빗방울의 숫자만큼 깊게 엿보고
또 빌었노라

아직은 다 여물지 못한 혼을 일깨우고
변화란 진실로 무엇인가를,
살아갈수록 땅으로 더 가까워지고
어울리지만 고유해지며
더 이상 망설이지 않는 발효의 최후가 어디인지를
저녁을 알리는 태양에게 물었다

가을은 복제의 계절,
산통은 언제나 높고 아름답기에
초록의 고귀한 심장은 매 순간 꿈꾸고 진화하여
열매라든가, 축제라든가 하는
유희의 세포를 번식했다

잡초

서로의 이름을 묻고 대답하지도 않았지만
부끄럼 없는 재회를 반기며
빈곤한 가출을 위로하는 이름이 있다

한 때의 푸르름만으로
계절을 불사르고 재가 되면서도
객지의 척박함에 먼저 돌아오고
뿌리가 뽑혀도 노래하는 이름이 있다

진리가 무엇인가
화려함이 무엇인가 배우지 않았어도
오로지 한 줄기 빛과 한 방울 습기만으로
모진 추위를 견뎌내는 이름이 있다

전생과 후생의 중간 어디쯤
오로지 살기만 하면서도
허리가 꺾여도 울지 않고
가볍게 말라가는 이름이 있다

누구도 대신할 수 없는 불침번
향기를 가지지 않았지만
차라리 사막에서 다시 태어나기를 기도하고
누군가에게 기쁨이 되어주는 이름이 있다

풀벌레보다 먼저 달려온 초록의 순간
너의 손을 감싸 쥐고
이름 없는 삶은 없다고 속삭이던
너의 삶에 안기겠다

오늘만이라도
이름 없는 이름, 너와 함께
밤을 새우겠다

혼연渾然

앞이 보이지 않아도 앞만 보고 걸었는데
물안개에 눈가를 베이고 길을 잃었다

호숫가를 서성이던 억새의 눈
지난밤의 쓸쓸한 욕망이 아리게 쓰러져 갔다

어느덧 아득히 반겨오는
침묵의 물결

차라리 눈감고 뛰어드는 호수의 살갗에
잠시 알몸으로 뒹굴며 하얗게 몸을 씻었다

담장이 아니라 훨씬 눈부신 길
알래스카와 히말라야는 순순히 하나가 되었다

소리 내지 않아도 흐릿하게 젖어 가는데
세상의 온갖 그리운 말 다 지우고

다만 떠돌이 철새의 시련을 엿보면

빠져들수록 시작과 끝이 천천히 사라져 갔다

오타

펜이 아니라 스마트폰
자판으로 쓰는 시
간혹 실수 남기는 법

선새라 적고 보니 오타
산새로 고치려다 문득
선禪새라 생각하니 그럴 듯하다

새는 그냥 새인 것을
선새면 어떻고
산새면 어떨 것인가
쓰지 않고 쳤기에 탄생한 선가禪家의 새
참선하는 승려새 한 마리
이 아침 만나지 않았는가

언제 원하는 대로 그려지고
언제 원하는 대로 써진 적 있던가
치면 그려지는 법, 그냥
산새를 선새로 저장하고

난을 치듯 시를 치면
전생에 화가였음직한 선새 한 마리
시를 치듯 소리치다

일요일

가을 볕 아래 넋을 펴는 날
한층 더 빛나게 잠드는 날
말하자면
신들의 이름을 부르는 날
예언의 비밀을 만나는 날

눈을 감고 떠나야 하는 날
몸의 무게를 줄여가는 날
말하자면
식물적인 것이 충만해지는 날
시인적인 것을 경험하는 날

차례

달빛 고인 밤길 따라
귀뚜라미 쓰르라미 줄을 서는데

마음 급한 끼어들기
들키고 말았어라

아이고
미안타!
가을 먼저 만나려고
마음 달리 서둘렀네

그래!
소리에도 질서가 있을 터
너희 먼저 소리 하렴

길어 나를 소리가
내겐 아직 없으니

등대

나는 고독하지 않은데
너는 내게 고독하냐고 물었다

고독이 고독을 산란하는
바닷속, 깊고 어두운 곳
방향을 잃은 치어 같다고 말했다

바람보다 먼저
스스로를 제압해 왔다고,
서둘러 날선 칼을 품고
휘둘러
고독의 뼈대를 베어주겠노라고 말했다

스스로를 구하지 못한
치어의 아가미와
비늘과 비늘의 틈을 향해
물처럼 흐르는 빛의 칼날을 꽂겠노라고 말했다

밤배들은 별처럼 반짝이는데

나는 너의 칼날에 베이고서야
살 벗겨진 등 뒤로 지느러미가 자랐다

나는 너로 인해 젖어 있는데
더 이상 고독하지 않은데
너는 내게 고독하냐고 물었다

빈 노트

아직은 숨을 쉬는 까만 밤
펜을 잡았다
펜을 잡고, 생존을 물었다

하루가
머리칼처럼 하나 둘
빠져나가는 소리가 들렸다

입술은 말라가는데
거두지 못하면, 먹지도 않겠다고
노트의 첫 장에 적었다

조금만 더 기다려

하루치 땟거리,
시 한 줄에 물 한 모금
시 한 편에 쌀 한 주먹
밥값을 할테니

모공은 비어 가는데
위로는 약속이 아니므로
굶어도 할 말이 없다

하루가
점 하나 찍고, 줄 한 번 긋고
비어있다

애이불상哀而不傷*

어디선가
낙엽이 지네

시는 원래부터 없던 것인가
끝내
모든 것은 사라지고 말 것이던가
물처럼, 새의 눈에 가득한 물처럼
흘러가고
씻어내고
번져가며
끝내
꽤 괜찮은 노래가 될 수 없는 것이던가
묻고 또 물었네

또 어디선가
술잔이 돌고 물결이 이는데
나무가 하는 말

* 〈논어〉 팔일편

목젖을 젖히며 하얗게 하는 말

슬픔을 안주로 하되
상처는 삼키지 말자

들꽃서리

들길로 잠입하여,
빛과 수분으로 호흡하는
꽃의 몸짓을 훔쳐본다

꽃에게 들킬까
짐짓, 눈 가리고
꽃잎의 감춰진 이야기 속으로
포복한다

양식을 채우듯,
고운 유리병에
차곡차곡 쌓아 넣기로 한다

대지가 얼어붙고
살갗이 야위어 가면
계절을 견딜 만큼만 꺼내어
꽃의 언어를
기억하리라

삶은
죽어 사라지는 것이 아님을
꽃의 향기로
증명하리라

진눈깨비

해마다 이즈음에
이 월 생, 이 월의 볼살 위에

나리고
또한, 흐르는 것은

눈이 되고
또한, 비가 되는 심정은

어느 산
어느 강을 건너 왔는가

해마다 이즈음에 물었네
해마다 이즈음이었으므로

백수

물안개 피어나는
호수의 살결 위에

세상 온갖 그리운 말
하얗게 부드럽게

철새의 머리칼이
한 올 한 올 씻겨지네

매우 빠르게

숨 한 번 쉬었을 뿐인데
재잘거리던 골목길,
구름의 푸른 날갯짓과
몇 번의 독작獨酌
이제는 다 기억할 수 없다

숨 한 번 쉬었을 뿐인데
싹이나 자라고 열매 맺는
한 줄기 바람
삶이 새털처럼 가벼울 수 있다는 걸
점점 더 무게를 덜어가는
머리칼을 넘기며 알았다

숨 한 번 쉬었을 뿐인데
밭고랑을 지나온 바람이
저녁샛별 서러운 느티나무 가지 위로
빠르게 빠르게 지나간다

또 하루가 간다

첫눈

꽃은 외로워서
피고 지네
하여
외로운 사람
꽃을 좋아하네

꽃은 울어야만
피고 지네
하여
눈물 많은 사람
꽃을 좋아하네

하여
꿈꾸는 새하얀 꽃
첫눈 나리네

흰 꽃

꽃이라 불러주오

홀로 선 나무의 홀로 설운 입술에
희고 흰
꽃으로 피었나니

님이여
살아계신 겨울이여

오!
소리개의 눈동자여

희고 흰
꽃이라 불러주오

흰 꽃 2

나리네 나리네
여울 물빛 나리네

눈 시린 무죄의 독백
어디 머물다 꽃으로 피었는가

눈동자 흩날리더니
나무는 나무대로 꽃은 꽃대로

나리네 나리네
여울 물빛 나리네

눈 시린 무념의 눈물
가슴은 온통 맑은 물냄새

또 다시 떠나려거든
지나온 것을 기억하라

02 »
꿈의 소리

꿈의 소리

무서운 꿈이었다
젖은 장작에서 매운 연기 피어오르고,
얼음상자에 몸이 갇힌 채
얼어붙은 사람들 머리 위에
피 고드름이 자라났다

누군가 일어나라고 소리쳤고
젖은 등줄기를 확인하며 잠에서 깨었다
벌레처럼, 햇빛을 향해 레이더를 펼치고
알몸으로 방바닥을 기어
창가로 향했다

아침 종합뉴스,
비정상의 정상화로 포장된
말 못할 비밀이 쏟아졌다
머리를 풀고
언론은 중립성이 아니라
자율성과 인간성이라고 적힌
수첩을 만지작거리다

눈을 감았다

도시의 밑바닥에 미열이 흐르고,
철모르는 홍매화가 꽃망울을 맺었다
사람 사는 세상을 함께 꿈꾸자며,
꽃이 조금씩 내려오는데, 다시 누군가
일어나라고 소리쳤다

꿈꾸는 일 도무지
마음 밖의 일이다

장독대

가슴 깊숙한 곳
하루 한 켜씩 채워 온
세상의 쓴맛 단맛

한 가지 더하여

몇 편의 시로
위로할 수 없는
천 년의 어머니 세월

하얀 민들레 빛 고운
담장 밑에 모였네

버릇없는 손가락

땅 땅 땅 방아쇠를 당겼지

딱총놀이 하다가

사람이 사람을 겨누고, 쏘는 재미에 익숙해졌지

어른 흉내 내다가

손가락이 안으로만 굽어져, 펴지지를 않았지

형제가 사라진 골목길에서

좋은 버릇 다 버리고, 버릇없이 살았지

땅 땅 땅 방아쇠를 당겼지

66

변성기

나무에 기대어 봄꽃을 만나고
호기심에 입술을 대노라니
소금기가 먼저 목젖을 지배했다

꿀꺽꿀꺽, 삼키기 어려운 통곡이
측량도 통제도 할 수 없는 음량으로
코와 귀를 타고 역류했다

나무도 나무의 봄이 그리울 것이기에
배우지 않았어도 꽃을 피우고 또 나이를 먹겠지만
해마다 구부러지는 나이테를 쌓으며
질곡의 변성기를 제 몸인 양 아파했을 것이다

나무가 아파하니까,
위에서 아래로 흘러야 할 것들이 아래에서 위로 흘
렀다
나무가 그러니까,
아직 오지 않은 것들을 만나러 가는 길 위에
나도 주먹 쥐고 다시 한 번 목젖을 세우는데

이정표를 찾기 어려운 혈류의 접선 지점, 사월의 목구멍에
해마다 붉어지는 소음이 겹겹이 쌓였다

꽤액꽤액!

이게 내 소리요
나리나리, 알아듣겠소?

노숙

함께 살고픈 꿈 길게 내려
물 길어 올리는 나무

농부의 턱수염처럼
참 많은 이야기 있을 터인데

어깨에 내려앉은 하늘은
터가 되고, 지붕이 되고

나무와 새, 함께
한 몸처럼 누울 것인데

복사꽃 아름다울 때
다 말하지 못한 사연

첫날 밤, 창호문 구멍 내듯
꽃 한 송이 얹어 두고파

그러나 이제 사람은

어디에서 잠들까

죽어야 사는 달

바라보네
날마다 날마다
놀라운 일이 벌어지는 마을에서
지붕을 넘기 위해
잠 깨는 복사꽃
나무의 살결에 틔우고 펼치는
꽃잎과 이파리
한 올 한 올 펼쳐지는 봄의 역사와
쌍으로 따라붙는 나비
/ 너를

상상하네
날마다 날마다
놀라운 일이 벌어지는 마을에서
동산을 넘기 위해
자라나는 손가락
나무의 살결에 열심히 매달려온
연둣빛 애벌레
한 장 한 장 펼쳐지는 날개를 갖기까지

셀 수도 없이 보낸 밤
/ 너를

묻고 있네
날마다 날마다
청춘을 휘어 감고 달려온 길에서
날개를 갖기 위해
무엇을 버렸을까
/ 나는

사월, 죽어야 사는 달에
한 발 한 발 걷고 있네
먼저 떠나간
님들과 함께

실버들

오늘이 유독 슬픈 너에게 비가 내리네
먼저 달려가 피리와 꽃을 선물 하겠네

드라마, SAD

행인 1 :
골목길 돌아 산 아래
파란 지붕 그 집,
철야 잠복을 마친 S경사의
숨겨도 숨겨지지 않는 볼살
아!
국기에 대한 맹세

까꿍!
까꿍!

행인 2 :
삼중고를 견디다 못해 허리가 꺾이고
소주 딱 세 잔에 쓰러졌지만,
누구보다 착실한 환경미화원 A씨의
가려도 가려지지 않는 어깨
아!
국기에 대한 맹세

패스!
패스!

광고 :
불꺼진 창,
헛웃음과는 비교도 안돼는
옛날 금지곡 들려오는데
아!
놀랍지도 반갑지도 않아

행인 3 :
차라리 안 보고 안 듣는 게 속 편한 세상이라지만
새로 시작하는 아침마다
시청률에 목매는 비겁한 시인 D씨의
막아도 막아지지 않는 귀
아!
자랑스러운 국기에 대한 맹세

쫑긋!
쫑긋!

색깔론, 보라

보라
빛과 사랑이 밀착된 색
녹색을 내세워 거짓을 참으로 표기하려는 수작이
착한 내장을 휩쓸고나면 나트륨과 에시드의 화학적
충돌이 애꿎게 몸집을 키워갔다
정략적 소문이 횡횡하고, 점점 커지는 새벽의 톱니바
퀴 속으로 철학은 한 낱 흉측한 주검으로 쏟아졌다

보라
무기적으로, 또 처절히 쓰러지는 민중, 반음모론자
들의 최후가 연탄불에 구워지는 모양

보라
건강이 좋지 않아
신체 에너지의 총량을 극단적인 혐오로 태우고
오히려
깊게
깊게
망각의 휴식을 떠올리는 처지

시인의 색깔로
뇌를 채색하고

보라
보라
보라
바로
보라

세뇌란 이런 것이다

종과 북

새빨간 주둥이,
세상의 온갖 병균이란 병균을 묻혀온 짐승의 이빨이
종을 부수고
북을 찢었다

땡땡땡 아프다
절룩거리며

둥둥둥 아프다
소리치는데

사람보다,
짐승을 건드린 죄가 더 커 보이는 세상에서
무슨 소용이랴

종도 아니고
북도 아닌데
땡땡땡 아프다
둥둥둥 아프다

오늘이 뭐라고

살던 대로 살면 되지
오늘이 뭐라고,
제수를 움켜쥐고
새벽잠을 설치는가

자던 대로 자면 되지
오늘이 뭐라고,
넋 놓은 몽유로
밥알을 삼키는가

먹던 대로 하면 되지
오늘이 뭐라고,
혀는 또 깨물리고
눈물이 핑 도는가

오늘이 뭐라고,
시차 잊은 안개인가

풀

풀아, 푸른 푸르름아
푸르라

자유를 말한 죄
옥중에서라도

뜨거워서 뜨겁게
여름을 품어라

풀아, 푸른 푸르름아
푸르라

자유를 말한 죄
폭풍우 속에서라도

뜨거워서 뜨겁게
내일을 품어라

소나기

그래 오너라!
우울한 건
네 마음이 아니라
내 마음일 터

그래 오너라!
가슴 쩍쩍 갈라지며
나 보다 더 너를 기다려 온
청년들의 봄을 위해

그래 오너라!
아직은 어린 꽃밭에
희망 하나 뿌려주렴

블루베리 무덤

흐린 하늘에 블루베리를 묻었다

묻었다를 두고서

죽었다 하는 말과, 죽였다 하는 말이 있었다

죽었는데 죽였다는 것인지

죽였는데 죽었다는 것인지

죽었다와 죽였다에도 가을이 오고

블루베리 무덤이 빨갛게 물들었다

안주머니

정장 한 벌 세탁소에 맡기려고
주머니 뒤집어 훌훌 털어내는데
보란 듯 한 시절을 지켜왔으나
각질처럼 말라 쪼그라든 배설물이
쪼가리 쪼가리 쏟아졌다

나이만 먹을 것이지
언제부터 채워온 것인데, 얼마나 오랫동안
아직도 갇혀 있을까

허우대를 해결하느라 안으로 숨겨온 것들
은밀하게 버텨온 허세와 순간의 눈속임들
시절을 견디노라,
여름을 앓았노라라는 말
게으른 변명이었을 뿐
잇몸의 고름처럼 채워져 있었다

피부처럼 내 몸을 덮어온 정장 한 벌
세탁기에서 마른 눈물 흘리는 동안

숨지 않겠다고
숨기지 않겠다고
몸을 오그려
반세기의 부끄러움 짜냈다

돌아 돌아 집으로 가는 길
하얗게 핀 도라지꽃 만나고
땟물이 조금 빠진 손바닥 크기, 그러나 마음을 꼭
닮은 안주머니에
깨물어 터진 눈물과
틈이 있어 숨을 뿜는 향로를 채웠다

면도

통증을 모르는 것들,
까끌한 턱선에서 뒤꿈치 각질까지
수 만 년을 자라온 것들에
칼날을 댔다

정수리에서 발끝까지
이제는 아무것도 걸친 것이 없는데
여전히 자유로울 수 없는 몸

언제쯤 익숙할 수 있을까
잘라내고 버리는 것에

말라가는 피부에
하얗게 칼자국 남았다

꽃멀미

바람 불고 마른번개 치는데
버릴 것 하나 없이 삼키는
전율, 정수리를 파고드는 꽃향기
세상 꽃이란 꽃
아찔하게 밀려오는데
한 번 더
소리쳐 토해내는 고백과
아찔하게 쓰러지는 아찔함

바람에 물든 삶을 꺼내어
어디론가 떠나야 할 것 같은데
해가 먼저 산을 넘었다

바람 불고 붉은 꽃잎 날리는데
다 버리지 못하고 감춰온
눈물, 속눈썹을 적셔오는 꽃향기
세상 위로란 위로
아찔하게 밀려오는데
한 번 더

입꼬리에 흐르는 고백과
아찔하게 쓰러지는 아찔함

진공관 속의 찰리 채플린에게

필라멘트를 날래게 통과하는 그대의 유쾌한 걸음걸이가 적과 동지의 구분을 흐트려 놓는 저녁입니다 그대는 사람과 야수들의 언어를 정제하고 사랑 못지않은 유쾌한 역설로 비포장도로의 먼지속을 걸어나왔지요 공기가 없는 공간에 눈물이 없다는 것은 진실이 아님을 그대에게서 배웠어요 그냥 참고 지나가는 것일 뿐이라는 것을 오랠수록 시간의 구분이 사라지는 음극과 양극의 틈을 은유로 메워가는 16미리 영사기의 붉은 심장 안에 머무는 그대에게 안부를 전하는 지금 그대의 유독 잘 정리된 콧수염과 그냥 흔들어보는 듯한 지팡이가 빛과 소리로 혹 꿈과 위로로 쏟아져 나옵니다 차르르 차르르 차르르

파도

셀 수도 없이 달려온 날들
온 몸이 젖도록 조여 오는 아픔 속에서
밀리어 가고 쓸리어 온 날들

바닷새의 날갯짓을 만나기 위해
바람과 솜털이 맞부딪치는 춤을 추고
소리 없이 불러온 노래

셀 수도 없이 바라온 날들
온 몸이 부서지도록 조여 오는 검열 속에서
하얗게 하얗게 합장해 온 날들

신은 자유를 허락하지 않았지만
신은 평화를 허락하지 않았지만
맞서지 않고 얻어진 삶이 어디 있으랴

물의 기도, 파도
셀 수도 없이
셀 수도 없이

, 당신
언제나 행복하기를

유리집*

숨쉬기 위해
사람은 사람 속에서 사람을 만났고
바다는 바다 속에서 바다를 만났지

사람이 바다를 만나는 일, 바다를 껴안는데
얼마나 더 많은 시간이 필요한 것일까
반세기의 질문을
이제는
일렁이는 바람결에 묻는다

바다 깊은 곳에서
나무와 동물과 바다의 집들이 잠들면
파도보다 사람에 가까운 항구의 선술집에서
젖은 구두를 벗는다

1인분이라는 말
개인주의라는 말

* 강원도 고성군 토성면 아야진리

이제는 익숙할 만도 한데
주문하기엔 너무 부끄럽고
돌아서기엔 허기지다

딱 한 잔이라는 말
자유주의라는 말
이제는 포기할 만도 한데
녹아들기엔 너무 어렵고
설명하기엔 용기가 없다

손 안에 가득 동그랗게 빛나는 우주,
소주잔에도 어김없이 세상은 들어앉아 있는데
가사가 떠오르지 않는 옛날 트로트 한 자락 흥얼거
리고
오늘의 팁으로 남기는 말,
"또 올게요! 다음엔 친구랑…"

심청, 나무 심다

뺑덕어멈을 떠올리게 된 것은 갑자기 내리는 진눈깨
비에 온 몸이 젖었기 때문이다 감동은 순간에 전달되
는 것이라 믿어왔지만, 사월의 눈처럼 공격적인 변칙
드라마는 뺑덕어멈의 심술만큼이나 반갑지 않다

천상의 세계에 거처를 준비한 여왕벌의 계략 앞에
서 다수의 일벌들이 방향을 잃었을 것이다 그렇다고
목숨이야 버릴 수 있겠는가? 곽씨 부인의 소망까지야
포기할 수 있겠는가? 계모의 계략은 아닐지라도, 세
상엔 다 말하지 못할 것들이 많다

인당수에 몸을 던졌으니 심청의 실수는 아니다 어차
피 뺑덕어멈은 궁궐에 발도 못 들이고 죽음을 맞으니
나는 그것으로 만족 하겠다 황봉사와 눈이 맞았을 때
야, 봉사잔치가 그 무슨 대수였으랴 황성은 멀지 않으
나, 가슴이 차가우면 들어 온 복도 걷어차는 것이니,
그 끝이 참혹하다

왕비의 어머니가 무슨 소용이겠냐 마는, 그래도 해

93

피엔딩의 소망이 안씨 맹인의 오래된 심성임을 거부할 수 없다 안씨의 사연이 주제는 아니지만, 그 끝이 따뜻하다

　셀 수 없을 만큼의 기도, 그 오랜 과정의 수고에도 불구하고 삶이 변덕과 불통으로 가득 차더라도 오늘을 다시 시작할 수 있는 것은 이야기는 이야기일 뿐이 아니기 때문이다 눈이 또 오더라도, 해마다 사월이면 나무를 심겠다 사람은 사람끼리 살아야겠기에 백성이 땅땅거리고 사는 날까지 작지만 위대한 이야기에 물을 주겠다

어머니의 땅

사랑이 체온을 초대하고
새날에
새로운 삶을 주신 어머니

밑둥 잘리어도 돋아나는 새순처럼
어색할 수 없는 손길

점점 더 바라보고
점점 더 감사하고
점점 더 예뻐지는 꽃씨를 품으셨네

두 팔로 막아도 불어오는 바람처럼
쉼 없이 내어주는 손길

당신과 함께여서,
서로를 꼭 붙드는 법을 배우고
서로를 꼭 닮은 형제들이 자라났네

어머니, 참 좋은 이름 앞에

참 좋은
기쁨만이 있으라

햇감자

뿌리째 뽑혀도
죽은 것이 아니지

밭고랑 누렇게
채워지는 이야기

저녁

펼쳐진 부추꽃의 손가락에,
터질 듯한 도라지 꽃봉오리에
한 움큼씩 물을 주었다

텃밭 고랑에 귀를 대고
햇배추의 애교와 토란의 살림살이에
한 마디씩 말을 건넸다

이름을 알 수 없는 풀벌레 소리에
겉늙은 안경을 벗으며
두리번두리번 둘러보는데
울컥 울컥
씨간장 냄새가 달려들었다

— 함께 살자
— 그러나, 함부로 살지 말자

몇 걸음 걷지도 못하고
햇살이 뿌옇게 담장을 넘었다

고향의 강, 봉천내

달이 뜨고, 강이 이름을 바꾸고
서풍에 기도하던 분지는
처음부터 동무들을 붙잡지 않았다

치악산 마루를 기억해 온
물고기와 새들조차
가을엔 하나 둘씩 서쪽으로 떠나는데
가난한 짐꾼들은
이제 더 이상 강물의 바닥에
발을 담그지 않았다

바람이란 잠시 머물다 퍼져가는 것임을
고향의 강이라고 몰랐을까

동무들이여
어디서든 산과 강을 만나거든
남이라 생각 말고
야젓하게 인사하여라

두 번 절하며
-벗의 모친상에-

당신
다시, 혼돈인지요

아직, 우리가
만나지 못한 이들
아무리 살아봐도 모르는 것들
만나셨는지요

한 때 머물렀던
이곳은 어떠셨는지요

침묵하는 영원, 그러므로
꼭 지나봐야 알게 되는 이치들이 있으니

비로소
그리운
…
새로운 모양, 당신!

숨음배춧국

바글바글 토장국물에
배추 뚝뚝 끊어 넣으면
허리 숙여 묶어가던 어머니의 땀방울
텁텁한 장단이 되고
달큰한 노래가 되네

오랜 향기 물려받은 콩꽃의 유산에
비 맞고 돌아다닌 유년의 속옷 삶았는데
눈물이 핑 돌고
가슴이 아린 것은
칼칼한 국물 때문이겠지

홍시

나는 지금
사랑을 말하려는 거야

네가 여름내 지켜온
감나무 말이야

감꽃을 바라보던
감나무 이파리 말이야

함께 떨어지는 것들
여행을 준비하는 것들 말이야

울지 마
홍시 한 번 먹어봐

나무의 눈물은 달지 않니

나는 지금
너의 말을 하려는 거야

아버지의 산
-치악산-

근원적 친밀성,
아버지의 흔적이 여기 어디쯤 남아 있다

아버지의 손을 잡고
처음 이곳을 찾았던 날을 기억해내고
두근거리던 소년의 아침을
순백의 숲속에서 만났다

이제는 버릇이 되어버린 산책
더 넓은 품으로
더 깊이 파고들기 위해
더 많은 것을 내려놓으려 한다

누군가에게
나의 작은 발견을
거리낌 없이 선물할 수 있도록
산책로를 조금씩 확장해 갔다

산과 나무의 빛깔이

인간과 사물의 구분을 흩뜨려 놓을 즈음,
제목 모를 노래를
흥얼거렸다

인간의 소리가 몸을 떠나고
새들의 추임새와 하나 되면
노래는 혼자가 아니라 누군가와 함께할 때 번영한
다고
반환점에 새겼다

산에서
대립과 혼돈을 내려놓았다

말하는 새에게

입에서 입으로 전설이 내려왔다
– 하늘에 새가 산다
– 새의 가슴은 뜨겁고, 신통하다
– 새의 소리는 시원도 하여
사람의 그것을 닮았다 고

언제부터였을까
사람들은 보이지 않으면 믿지 않았다
믿음이 사라지면 헤어지는 법,
그래서 였을까
사람들은 더 이상 새를 찾지 않았다

새야 새야
소리를 들려다오
갈라지는 발톱과
천 억 화소의 렌즈를 챙기고
너를 찾아 가련다

새야 새야

소리를 들려다오
전생과 후생의 중간 어디쯤,
동지와 하지의 중간 어디쯤
너를 찾아 가련다

소리를 들려다오
소리를 들려다오

입에서 입으로 전설이 내려왔다
— 새의 소리는 따뜻도 하여
샘물의 그것을 닮았다 고

삐에로의 슬픈 모습을 본 사람은 아무도 없었다

미리 예견된 장면은 아니었다 자정을 향해 달리는 우리들의 나체는 숨결과 숨결의 곡예비행으로 아름다움의 극대값을 구하려다 바다로 돌아가기 위해 부서지는 흰거품이 되었다 이따금 마음을 빼앗긴 인형이 되고 대화를 거절당한 노래가 되어서 시대의 완구물로, 이색취미의 희생물로 하늬의 포로가 될지라도 무대로 던져지는 보너스를 착취하기에는 숙달되지 못한 삐에로의 숨 막히는 순수를 본 사람은 아무도 없었다 웃노라면 무너지는 몸짓으로 잠 깬 하루가 약간 바보스런 포우즈로 시작되고 계획된 윤곽이 지워져 나가면 자기가 길들인 혓바닥에선 야릇한 향기가 풍기고 불규칙한 숨결 사이로 균형잃은 땅덩이와 빛나는 잇몸이 있었다 아담의 죄 이후 엉겅퀴와 가시가 자라고 잘 짜여진 미소는 간혹 시간의 흐름으로 방향을 바꾸곤 했다

쓰니까 삼켰다

세상은
사람 사는 게 다 그렇고 그렇다고
그냥저냥 살라는데,
그래도
반골의 유전자를 가졌다는
관상쟁이 말만 믿고
세상 거꾸로 살았다

세상은
제 잇속을 먼저 차려야 한다고
가르치는데,
그래도
인간은 원래부터 착하다는
맹선생 말만 믿고
세상 거꾸로 살았다

날 때부터 품성이 그러려니
내쳐 세상 거꾸로 살아왔는데
언제부턴가

욕에 욕이 따라 나오고
혓바닥이 쓴맛을 기억했다

지친 마음
치료 한답시고
소주 한 잔!

세상은
쓰면 뱉고, 달면 삼키라는데
그래도
난 쓰니까 삼켰다

서리꽃

1.
풀과 나무들이 옷을 벗는 자리
아직도 떠나지 못한 철새들 있을 터인데
바스락 부서질 듯
계절이 바뀌나 보다

하얗게 반짝이는 탄생의 예언
웅크리고 앉은 쑥부쟁이
마음만 바빠지는데
오고 가는 길에서 다치지 말라고
꽃이 꽃에게
옷을 입히나 보다

2.
가난할수록
서로의 손을 감싸야 하기에
훨씬 따뜻한 땅속으로 보고
누구의 마음도 아프지 않게 듣고
꽃씨 하나 묻어두리라

안아주리라

애벌레꿈

세상의 들이란 들, 산이란 산
모두 돌아볼 수 있다면
비 내리고, 바람 불어도 좋으련만

세상의 글이란 글, 노래란 노래
모두 만날 수 있다면
다시 태어나지 않아도 좋으련만

무엇이 우리를
따로 떨어져 살게 했을까

너와 나는 이란성 쌍둥이
태어나기 전부터, 별반 다른 게 없는데

나도 너처럼 긁히고 꺽이면
살색보다 진한 눈물, 흘리는데

무엇이 우리를
따로 떨어져 살게 했을까

내게도 꿈은 있어
고치를 짓고 있는 애벌레
나도 너처럼 초록의 삶을 갖고 싶어

낙엽이 지면, 부서져 거름이 되고
다음 생이면, 엉기어 살림이 되자

03 »

그 그리움

개화

나무의 핏줄이
부풀어 오르네
어깨를 들썩이네
감추려 해도 감출 수 없는
폭죽의 뇌관처럼
참으려 해도 참을 수 없는
소녀의 재채기처럼
아슬하게
아찔하게
터지고 번져가네

그 그리움

그립다고 말하면

그리운 것이 아니다

눈발 날리듯

벚꽃처럼

그립다고 말하면

그 그리운 것이 아니다

꽃길

곱살스런 들길따라
붉은 음률 피워 올린 봄날이

걸었네

내 청춘의 골목 골목
아련히

꽃이여,
걸어 오는 치유여

오늘이 꽃패이거늘
그래 그때는
쥐고 있어도 보지 못했고
보고 있어도 쥐지 못했지
들꽃 송이
…… 그래 그때는

내 청춘의 골목 골목

아련히

걸었네

그대 있는 그 자리
손길보다
마음 먼저 보내고

아카시아 이론

꽃이 피었다고

꽃의 생애주기
뭐 이런 걸 시로 쓸까 할테지만

제목 : 아카시아, 한 나절의 외출
– 빛과 향을 중심으로 –
뭐 이런 걸 증명할까 싶을테지만

깊은 밤, 창을 넘는
소년이 떠올랐다면

동짓달 함박눈처럼 쏟아지는
꽃잎을 보았다면

당신이 당신을 만났다면
생각이 달라졌을 겁니다

내가 나무라는 건

새파란 이파리
구속을 딛고 선 자의 자유를
마냥 시들지 않는 함성을
펼친다는 것

뽀오얀 꽃망울
투쟁을 딛고 선 자의 평화를
입가에서 자라나는 미소를
틔운다는 것

깊어지는 나이테
고독을 딛고 선 자의 사랑을
뼈대에서 숨을 쉬는 징표를
품는다는 것

님께서 또한
물을 길어 올릴 때
내 몸에서 자라나는
이파리

꽃망울
나이테
… , 모두
님께 드린다는 것

달콤한 이야기
시작도 끝도 잊고 웃음짓는 새 땅에서
더욱 맑아지는 새 아침의 노래를
함께 부른다는 것

소풍
―국형사 가는 길―

소풍 갑니다
보물
찾기
놀이
상으로 받았던 연필 한 타스
혁신을 쓰고 도시를 세울 줄
예전엔 몰랐어요

로마의 거리를 흉내낸
벽돌길따라
이제는 제법 유니버스한 집들이 보여요
옛 과수원 자리엔
커피향 짙은 빵집도 있고요
그래도
아직 호박밭이 즐비한 동네
길은
그 길입니다

살구둑 저수지 돌아서

신월랑 가는 물길따라
가방 들고 갑니다
솔
바람
풍경
새들이 모이고 흩어지는 정원으로
놀러 갑니다

베고니아 생생한

오월의 언덕
, 정령精靈의 어깨로 흘러내리는
연초록 풀숲과 연보라 꽃잎을 만나면
생생한 눈맞춤, 춤을 추듯
꽃봉오리의 옷고름을 풀어라

향그런 술잔
, 꽃술 어디쯤
더욱
더 깊은
, 정상 어디쯤
잠복해 있던 메아리를 만나면
생생한 입맞춤, 춤을 추듯
맑은 계곡에 머리를 묻어라

정령의 입술로 흘러내리는
우아한 한쌍의 나비를 만나면
생생한 꼬리물기춤, 춤을 추듯
밤과 낮의 길이를 잊은 축제와 통하라

향긋한 노래
, 통정은 이제
그대의 것이기에

할미꽃

진보라빛 마음이야

숨길 수 없었겠지

다소곳이 앉아 있는

내 착한 소녀는

숲속의 춤

명랑한 오월의 품속에서
달리고 구르는 노래
명랑하게
명랑하게
, 할 수만 있다면
세상에 무슨 일이 있을까
궁금해 하지 않게

향긋한 오월의 품속에서
오므리고 펼치는 몸짓
향긋하게
향긋하게
, 할 수만 있다면
세상에 무슨 일이 있을까
궁금해 하지 않게

비올렛 바람

들길을 따라온 바람
한 줄기 바람

길이 길을 만나면 새 길이 열린다고
길에서 채운 것들 길에서 비우라고
보랏빛 입술 열고 보랏빛 시 낭송회

깃털처럼 가벼운 꽃바람 불어오면
너는 들꽃
나는 산꽃
그날 그 짓 떠오르는
숨길 수 없는 사랑

들에서 자란 꽃 산길을 닮아가네
산에서 자란 꽃 들길을 닮아가네

아! 뭉클한 바람
비올렛 바람

웃겨

배꼽이 튕겨나와
새처럼 날아가고
웃음보가 터져서, 웃겨 웃겨

주름살이 양각, 음각
물결처럼 새겨지고
눈물샘이 터져서, 웃겨 웃겨

웃겨 웃겨 죽겠는데
아프지 않아

인생은 하하하

발 구르고 손뼉 치면
사는 게 뭐냐고
말할 필요 없어

구름다리

나는 네게
더 이상 섬이 아니다

손을 맞잡은
구름이 흐르고

우리는
더 이상 이별이 아니다

꽃이 되어 피어나는 비

아!
나는 보았네

고개 숙인 풀잎
마주보고 안아주는

슬픔 많은 어깨
닦아주고 토닥이는

아!
하나의 풍경

꽃이 되어 피어나는
절묘한 위로를

단풍놀이

겨울
봄
여름에도 만나지 못한
내 인생 단 하루,
은밀한 재회

빨강보다
빨갛게 물드는 이유
빨갛게 물었네

다음 계절은
아직
묻지 못했네

새야, 나도 너처럼

이야기 하고플 때마다 다시 어둠 속을 헤치면

시간이 얼마를 흘러도 가슴에 출렁이는 새야

묵은 그리움의 끝을 참아야 하는 게 아니라면

달려가듯 모질게 다시 눈을 감고마는 바람 속

한결같은 깃털로 옛 미시령 고개를 따라가자

나도 너처럼

언제고 경계를 버려두는 날개를 갖고 싶어

그래야 사랑이라 할 수 있겠지

바다색 커피

아침이 바다를 건너온다
파도를 밟으며 노래가 온다

삶을 덮어온 껍질을 씻어내고
눈을 감으면, 감추어 둔 속내를 허락하면

소리가 바다를 건너온다
파도를 헤치듯 사랑이 온다

한 발짝, 한 발짝, 파아란 발자국
바다색 커피를 바다에서 품는다

새벽이슬

정갈한 하늘
별이 숨 쉬던 자리
별이 별을 낳아
또 다른 별이 자라고
삶은 반드시
아름다워야 한다고
서로의 상처에
손을 대며 잠드는 새벽
별은
향기로운 이슬인가
별빛은 또
그대의 얼굴에 흘렀던
사랑만큼 단단하다

녁

1.
홍매화 한 송이,
남 녁으로 머리를 두네
......
녁이라는 말

울타리 너머
곳이 되는 말

2.
유유한 소울음,
해질 녁 고개를 넘네
......
녁이라는 말

군불 피우고
때가 되는 말

3.

으스름 달빛,
들녘을 지나 동구 고목을 만나면
······
녘이라는 말

혼자라 말고
기대고 합쳐
함께 살라는

뜻

치자꽃

비가 내리고,
참 기분이 좋아서
더 이상
가난하지도
쓸쓸하지도 않은 아침
꽃망울이 맺혔죠

달콤한 인사가
어찌나 반갑던지
땀을 쏟아가며
눈을 마주쳤죠

재촉한다고
꽃을 피우는 것도 아닌데,
하루가 빨리 가는 것도 아닌데
아이처럼 깡총거리며
단세포로
커져만 가는 속내를
숨기지 못했죠

바라볼수록
머리가 빙빙 도는, 정말
대책 없는
사랑에 빠졌죠

무화과

열매다 하면, 꽃이요
꽃이요 하면, 꿈이다

같은 꿈이라도
속으로 꽃송이 피워 내는 꿈

나는 너를 가까이
달콤한 꿈꾸겠다

초대

날아가요, 함께
날아들어요

나무가 놀고 쉬는
동산에게

보랏빛 눈동자
꽃눈에게

잰걸음, 웃는 얼굴
눈을 맞추고

누가 먼저랄까
서로에게

우리 만나는 날

우리 만나는 날, 나비처럼 웃고 싶다
그림인 듯 소리인 듯 혹 수줍움인 듯
그냥 포옹하고 싶다
꽃이 피면 향기처럼
들녘으로 바람 불면 풀잎처럼
다시 개천으로 하늘 흐르면 물의 눈빛처럼
얼굴 빨개지며 이야기 하고 싶다

우리 만나는 날, 웃고 싶다
꿈에 본 노랑 나비
하늘에 가까운 줄 알았는데
땅 위에, 내 동공에 날갯짓만큼 더 가깝다
새벽 즈음, 체온보다 더운 피가
취기처럼 혈관으로 몰려다니고
나비는 내 입술 위에 소금기 어린 습기로 남았다

정말

예고도 없이 오는 것이 계절이다

갈대꽃

바람아 불어라
꽃으로 피어나라

손에 손이 닿으면
아슬아슬한
달빛 바이올린

눈에 눈이 닿으면
보풀보풀한
별빛 피아노

오!
너의 빛나는 울림

항구도시 어디쯤
종아리를 맞대고
퍼져가고 끌어당기는

탕게로스*가 되자

* 탕게로스(Tangueros) : 탱고춤을 추는 사람

겸상

가을볕 한 소쿠리
밥상에 올려두네

입가에 동글동글
풍경 한 숟가락

귓가에 조근조근
소문 한 젓가락

마법의 주량

유리구두를 찾아 나선
탐색의 손끝이
마법을 꿈꾸는데

적당히 – 라지만
술이 아니라 사랑이라면
정해진 양이 있으랴

자정을 훌쩍 넘은
샤먼의 눈길이
접신을 꿈꾸는데

적당히 – 라지만
술이 아니라 당신이라면
정해진 양이 있으랴

편지

솜이불 햇볕 쬐던
마당 한 켠
맨드라미의 붉은 약속
아직 기억하냐고

뭉게구름 쉬어가던
담장 너머
옷가지 물려 입던 빨랫줄
아직 묶여있냐고

까치를 기다리던
감나무 가지 사이
우리에게 우리는
아직 가난하지 않냐고

편지를 쓴다
우리에게
아직 우리가 있냐고

비雨수행

너를 처음 만나고
서로를 적셔갈 꿈꾸었다

아직
공존의 근거를 증명하지 못했지만
섞인다는 것은 사라지는 것이 아니라
새로운 시작이라며 경배를 품었다

아직
너는 오지도 않았는데, 벌써 머리칼이 젖었고
혈관을 통과하지 못한 몇몇 쓸쓸한 적혈구
눈가에 흘렀다

얼마를 더 걸어야
너의 속으로
들어갈 수 있을까

꽃편지

하도 급하여
꽃눈 먼저
나무에 꽃눈 먼저 피워내는
어린 가지 마음
휙휙
봄바람에 날리는데
나무 마음이
사람 마음인 듯하여
내 먼저
소식을 보낸다
오시라고
꽃망울 불거져
툭툭 터질 때
할 말이 있으니 오시라고

동화

기억해

발자국 남기고
떠나가는
이 겨울의 아침을

울지 마, 들어봐

산마루 너머
달려오는
봄꽃의 속사정을

경이로운
젖내와 웃음을

동그란 얼굴

울다 웃다
웃음이 모락모락 피어나는
, 동그라미
지지고 볶고 살았는지
예쁘다 하고 살았는지
알려 하지 않아도 알게 되는 이야기
그리고 싶어

울다 웃다
눈물이 데굴 데굴 뒹구는
, 동그라미
지지고 볶고 살았는지
예쁘다 하고 살았는지
동그랗게 흐르는 동그라미 이야기
그리고 싶어

울다 웃다
꽃구름 몽글몽글 피어나는
, 동그라미

지지고 볶고 살았는지
예쁘다 하고 살았는지
얼굴 보면 안다니까
그게, 원래 그래

빗길, 꽃잎에게

하나의 대화를 엮고
스스로 확장하며 파열하는 꽃잎
반전을 사로잡는 시간
그대의 볼에 남겨진
희망을 기억한다

구름처럼 자유로울 수는 없으나
포옹이 부여되는 한
차마 망각할 수 없고
특별히 가난할 것 없는
번개와 천둥의 눈짓을 포착한다

서로를 만나고
다시 떠나보내는 시간,
무엇을 달래야 할지 몰라
차마 돌아서지 못하면
눈가에
거룩한 포도송이 같은
이슬이 남았다

또 다시 닥쳐올,
우리들의 시간을 빗속에 내어놓자
조금씩 젖어가며
더욱 더 깊이 잠드는
우리들의 시간을 기다리자

아직 절뚝거리는 빗물과
긴 언덕길에 줄선 꽃들에게
제발 건강 하라는
한 마디 인사를 남긴다

《동그란 얼굴》에 붙여

정현기(문학평론가)

언제부턴가 살아온 나날이 글로 시로

1. 이야기 시작마디

첫째 마디

여러 일몬 물상은 각기 그들만이 지닌 마디와 구비가 있어 그들 깜냥 껏 물결치며 꿈틀대고 출렁인다. 그렇게 각기 선 자리 앉은 자리에서 움직이며 흔들리거나 멈춰있던 사리들은 자주 때때로 만나 눈짓하며 몸도 부딪치고 손을 맞대기도 한다. 만남이다. 사람이 사물과 만나듯 또 사람은 사람과 만날 운명 속에 놓여있다. 내가 원교 시인을 만난 것은 3~4년 전 성균관대학교 대학원 강의실에서였다. 그곳에서 몇 학기째 대학원생들과 문학을 이야기하던 자리에 그가 와 있었다. 처음엔 쭈뼛쭈뼛 서로를 넌지시 바라보던 그런 만남이 천천히 자아를 드러내기 시작하면서 가깝게 얼굴이 익숙해진다. 다들 나름마다 깜냥 껏 다 자란 이들이다. 이야기가 무르익으면 그 이야기가 끝날 때쯤 헤어지기가 좀 아쉬울 때가 있다.

아니 실은 내가 그렇게 외로움을 잘 타 학생들을 붙

잡고 어딘가로 끌고 가는 버릇이 좀 있다. 그렇게 해서 끌려 다닌 그가 바로 원교였다. 그의 이야기를 듣다보면 신기한 뭔가가 숨어있어 보였다. 그의 미국생활 16년은 예술혼을 찾아다닌 여정이었다. 그러다가, 아차 싶었단다. '예술혼은 멀리 있는 것이 아니다!' 그렇게 깨우치자마자 그는 짐을 주섬주섬 싼 다음 고향에 돌아왔단다. 그곳이 바로 원주다.

뭔가 예술 활동을 하던 사람이, 아니 예술 작품을 꿈꾸던 사람은, 그가 하던 일에 물려 쉽게 그 일로부터 벗어나지 못한다. 한국에 온지 6~7년이 지나면서 그는 스스로 자기가 누구인지를 묻는 일에서 벗어나지 못해 그가 하던 일의 다른 끈을 찾기 시작한다. 가령 공간예술을 시작했던 사람이 시간예술 쪽에 눈을 꽂는 일은 종종 있다. 건축이나 도예 회화는 공간예술이다. 공간예술은 한 눈에 사람들 눈에 나타내는 대상을 만드는 예술행위이다. 한 눈에 띄게 하는 예술작품! 그에 비하면 시간예술은 음악이나 문학처럼 시작과 중간과 끝이 있는 그런 예술이다. 음악이나 문학작품을 앞쪽만 보고 듣고 다 보았다고는 말할 수 없다. 건축이나 회화작품은 한 눈에 활짝 띄는 예술이다. 시간이 지나면서 앞 뒤 선율이나 이야기 줄기를 따라나서야 하는 종류의 예술이 음악과 문학이다. 그는 예술을 꿈꾸면서도 꾸준히 뭔가를 써왔고 계속

쓰고 있었다. 그런 그를 내가 만났다.

둘째 마디

둘째 마디는 만남이라는 미묘한 현상에 대한 끈 이
야기일 수밖에 없다. 〈동서문학과 예술세미나〉라는
이름의 강좌에서 나는 서양 쪽의 조지 오웰, 카잔차
키스, 시엥키비치, 그리고 동양에는 루우신, 윤동주,
아이트마토프, 김사량, 이상화 이런 작가들을 놓고
이야기를 풀어보였고 그들에게도 각자 스스로 뽑아
작가의 생애는 물론 작품론을 발표하도록 하는 일에
열심이었다. 그런데 첫째 주에 충격을 받은 것은 이들
이 대학원 석·박사과정 학생들인데 다들 동양철학과
학생들이어서 문학작품에는 아예 마음 문을 닫고 지
내온 젊은이들이었다는 사실 확인이었다. 내가 아무
리 떠들어봤자 그들에게는 쇠귀에 경 읽기나 다름없
는 헛수고라는 걸 알기 시작하였다. 그래서 나는 작
품들을 읽도록 끄는 그런 얘기로 몇 학기를 보냈다.

문학이란 무엇인가?

마침 그들은 동양철학과여서 공자라는 인물은 꽤들
잘 알고 있어보였다. 공자孔子 사상이야 여기서 덧붙
일 이유가 또 없는 일이겠다. 그러나 공자가 자기 자
식 백어伯魚에게 읽어두라고 일러둔 이야기가 시(시경
(詩經) 첫머리 주남(周南)과 소남(召南) 얘기지만 그냥 시라고

해둔다)였다. 시를 읽었느냐고 물었다가 아직 못 읽었 노라는 자식의 대답에 시를 읽지 못했다면 더불어 이 야기를 할 수 없겠노라는 옛 이야기는 그들이 잘 알 고 있었다. 잘 알려졌다시피 주 씨 천하에서는 그래도 각 고을마다 떠도는 민요로 수집된 1,000여 수가 넘 는 방대한 민요들 가운데 공자가 찬찬히 보고 310여 수로 가려 뽑아 이것을 시경詩經이라 하였다는 이야기 말이다. 시서예詩書禮를 삼경이라 불러 꼭 지켜 배워 야 할 경전으로 공자학문 유학에서는 가르쳐오지 않 았던가? 서가 성인들의 행적을 그린 이야기라면 시란 민중들의 애환이 잘 녹아 깊게 서린 그런 이야기가 아니던가?

　민중의 깊은 마음을 모르는 인생들이란 그야말로 무지렁이가 아닐 것인가? 내 속에 든 아픔이나 슬픔 또 이웃사람들이 겪는 슬픔이나 절망 따위가 실은 우 리가 모두 공유하면서 서로를 달래야 하는 사리存在 의 덫이다. 시란 한 개인이 부딪혀오며 느낀 겪음 발 자취거나 미묘한 내상들을 특수한 말투로 드러내는 말길이다. 〈밤골〉이라는 시는 이렇다.

　　때 이른 참매미
　　덮어놓고 애걸복걸

사랑을 외치고
여름을 외치고

투득
툭
툭, 소리 내는

너는 또 누구냐

밤송이 키우는 진통이야
나무의 몫이거늘

  이 시는 매미와 여름이 다시 밤나무와 결합하면서
우리들 한 생애에 겪는 나날의 소리와 빛과 어둠, 거
기다가 나무가 겪어내는 아픔까지 얽어 보이며 우리
에게, 뭔가 서늘한 느낌과 더불어 깊은 생각의 매미소
리를 생각하게 하는 시다. 그리고 또 한 가지 이 시인
에게서는, 그렇게 오랜 기간 미국에 살며, 공부한 16
여 년이라는 징표가 통 드러나지 않는다. 평소에 영
어를 섞어 마구 말을 뒤트는 그런 시답잖은 시시함이
그에게는 통 없다. 허세가 없다는 뜻이다. 지식산업에
종사하는 사람들 가운데 외국유학을 한 이들이 은근
히 내보이곤 하는 외국자랑 투가 사람을 얼마나 시시

하게 보이게 하는 지를 그는 잘 아는 듯하다. 이 시인 사람됨의 말끔하기가 꼭 이 시와 같다. 이런 시인과 시를 만나는 것은 퍽 즐거운 일이다.

셋째 마디

이 시집에 수록되는 시편은 모두 아흔 아홉 편이다. 시인들에게 아흔 아홉 편의 시를 묶어보라고 권하면 대체로 고개를 홰홰 내두른다. 왜 그럴까? 곰곰 생각해보니 첫째 이유는 송구스러워 그런 것 같다. 이 고귀한 시들을 한꺼번에 그렇게 많이 묶어 내면 시의 존엄성과 그 고귀한 품위를 떨어뜨리지나 않을까? 그게 기성 시인들이 갖는 겸허하고도 자기를 움츠리는 겸양의 자세처럼 내겐 읽혔다. 시란 그렇게 마구 써 갈기는 그런 시시한 글쓰기가 아니라는 아주 엄청난 믿음 틀을 그들이 지니고 있기 쉽다. 이런 버릇은 서양 저쪽에서도 그랬던 것 같다. 옛 그리스 글쟁이들이 그런 틀을 퍼뜨린 장본 하수인들이라고 나는 알고 있고 또 이곳 동양에서도 시를 마치 종교적인 대상이나 되듯이 여겨온 역겨운 역사가 있었다. 사실 인류 역사 마디마디 속에는 이런 역겨운 생각들이 아주 엄청 많다. 말의 주술성을 그들은 크게 퍼뜨려 그걸 굳게 믿고 있었을 수 있다. 시인을 바테스(Wates=아버지 또는 주술사나 신?)라 불렀던 옛 기록들이 있는 판이니까! 그리고 또 하나의 이유는 시란 그런 연유로 씌어져 온 것들이어서인지 아무 때나 잘 써지지가 않는다는 그런 탓도 있다.

그러나 무어니 뭐니 해도 오늘날 이 인간생활은 이미 시가 품어 왔던 그런 그윽하거나 아득한 깊이를 지닌 느낌도 생각도 다들 거세당해 박제 꼴 인간들로 바뀌어 왔다는 그 사실이 가장 큰 이유일지도 모른다고 나는 믿는다. 그런데 이 원교 시인은 아직도 풍부한 느낌과 세상 읽는 교감능력이 거세되지 않았다는 것을 보여준다. 아주 다행스런 일이다 이 시인은 누구에게나 말을 걸고 또 여러 사물들에게도 말을 걸어 무언가 소통해보려는 꿈과 슬픔을 지녔다. 그에게는 그래서 울음 울기나 절망이 시 전편에 묻어 있다. 〈깊은 눈물〉은 이렇다.

눈을 감아야
눈물이
내 안으로 흐른다

슬픔도
기쁨도 아닌
정성이 자란다

툭

떨어지듯
비로소
내 안이 보인다

　원교 시인이 동양예술철학을 연구했다는 이야기는
이제야 한다. 그는 철학을 하면서, 동시에 말을 잘 깎
는 수련공이다. 말은 잘 깎고 다듬어야 깊은 울림이
나 가슴 깊은 곳에 이를 말 심지를 갖춘다. 그는 외로
움이 어떤 짐승인지를 잘 아는 시인이다. 하긴 외로움
을 모르는 이가 어디 있을까? 더구나 시를 쓴다는 사
람이!

2. 짧은 이야기 끝마디

　그가 이제 첫 시집을 낸다. 그리움이나 외로움 또
슬픔에 절망 따위 모든 가슴앓이를 말씀으로 엮어 한
편의 말씀 모둠을 이루어 내려고 한다. 말씀은 여럿
이 합쳐지면 함성일수도 또 폭풍처럼 빛나는 여론으
로 바뀔 수도 있다. 모든 시인들이 실은 다들 이런 기
대와 꿈과 바람을 지닌 채 시를 쓴다고 나는 믿는다.

165

그래서 어떤 시인들은 나는 아무도 읽어주지 않아도 아니 한사람 나 혼자 읽게 되더라도 그걸 위해 시는 쓴다고 중얼거리기도 한다. 그러나 놀랍게도 모든 말씀이나 글씀은 그것 자체로 이미 날개가 달려있다. 그래서 어떤 말이든지 그게 은밀하거나 비밀스럽거나 너만 알라고 당부를 받은 말글이라 하더라도 이미 뱉었거나 써서 내보인 말과 글은 어디로인지 날아가 남의 눈귀에 닿게 되어 있다. 삶이 신비한 것은 바로 이런 말글과 그것을 담은 느낌생각이 너와 나 또 그 외 그들에게 엉켜 소통하고 비비며 긁적이며 깔쭉거리게 되어 있다.

　외로움이나 슬픔 또는 분노 그런 느낌이 얼마나 깊었는지 높았는지 그 빛깔은 또 얼마나 뚜렷하고 황홀한지 밤 내 또는 하루 종일 그 글귀 하나를 가지고 씨름하느라고 밤잠을 설쳤거나 간에, 이런 글을 세상에 내보내면 세상이 어떻게 될까를 가늠하느라는 고통이 있었는지를, 우리는 얼핏 보면 잘 못 알아 읽는다. 그가 이 첫 시집 제목으로 붙인 〈동그란 얼굴〉을 맨 끝 쪽에 놓았는데 바로 그 앞자리에 놓여 우리에게 보내고 있는 시편은 이렇다.

하도 급하여
꽃눈 먼저

나무에 꽃눈 먼저 피워내는

어린 가지 마음

휙휙

봄바람에 날리는데

나무 마음이

사람 마음인 듯하여

내 먼저

소식을 보낸다

오시라고

꽃망울 불거져

툭툭 터질 때

할 말이 있으니 오시라고

이 시는 마치 도자기 흙으로 병이나 어떤 옹기 꼴새를 만들 때 투박하게 가불거져 나왔거나 찌그러진 흙을 흙 칼로 박박벅벅 긁어내어 고르고 말끔하며 균형 잡힌 몸꼴로 만들려는 도공의 도저하고도 명쾌한 말 칼질이 이 시 말씀 바깥쪽에 뒹구는 느낌이 든다. 우주 속에 널리 파져 울긋불긋 울퉁불퉁 눈을 흘기는 우리가 발 딛은 이 자연 속에 꿈틀대며 움직이는 모든 현상들이 이 시인에게는 다정한 말벗이며 그리움을 달래는 상관물이자 향취로 보인다. 소리와 향, 빛깔, 맛, 촉 모두가 이 시인에게는 그리움이자 푸근한

글벗이다. 사람들이 그 한 생애를 버티며 살아오는 동안 겪은 아주 많은 느낌생각들은 모두다 거의 그의 몸맘 속에 숨어 지내거나 아예 사라져 없어져 가뭇 기억 저편을 떠다니기 쉽다. 그런데 시인은 그런 지난 날의 여러 모든 느낌생각들을 불러 모아 말글로 드러 내는 일은 시작한다. 그런 점에서 그의 이 첫 시집에 수록될 시들은 퍽 고귀한 자태로 우아해 보인다. 격렬한 분노나 치열한 대 사회 선전포고는 아직 보이지 않는다. 그게 이 시집이 지닌 아름다움이다. 싸움의 길은 아직도 우리에게 늘 열려 있으니까! 앞으로 그의 시 글 길이 어떻게 열릴지 아무도 모른다. 단지 축복 을 할 뿐이다. 첫 시집 출간을 축하한다. 끝